ありえないほど不幸で幸福な告白

大森愛
OMORI Ai

文芸社

◇目次◇

第一部　幼心に芽生えた自立心

ママ、こっちを見て

小さな女の子、阿部幸子《あべさちこ》（小学三年生）が、買い物かごを持った母親の腕をつかもうとした時、いきなり手を振り払った母親、千鶴子《ちづこ》。

幼少期の頃を思い出すと、鮮明に浮かび上がる光景である。


母は幸子と買い物をしたあと、また仕事に出かけた。幸子は母に甘えたかったが、母は仕事が優先の人であった。

母は家庭にいるより、外で不動産の仕事をする方が多かった。家に人を招いて仕事をすることもあった。

母の同業者や客が来ると、幸子はお茶を入れた。また、母に頼まれて電話番もした。

周りからは「専務」と呼ばれるほどであった。

本当は、仕事を手伝いたかったわけではなかった。ただ母との時間が欲しかったのだ。お手伝いを通して、少しは母の役に立てていると感じると嬉《うれ》しいのだった。

それでも、母親に甘えさせてもらった経験がほとんどない。

母は、母親業より仕事優先で生きていた。幼い幸子が怪我をしても、薬箱から薬を取り、自分で治療するしかなかった。母親を頼ることはなかった。

母は〝優しい〟という言葉とは無縁の人であった。料理も下手だったし、インスタントラーメン程度のものしか作らなかった。


夕方、父、俊夫《としお》が帰宅すると、幸子と兄の浩《ひろし》（小学六年生）は大喜びで父を出迎えた。幸子は、

「お父ちゃん、今日のお土産は何？」と尋ねるのが習慣だった。

父は幸子を抱き上げ、

「二人が大好きな物だぞ」と言ってお土産の駄菓子を出した。

「あんず大好き」とはしゃぎ回る幸子。

「ぼ、僕もあんずが好きだなぁ」と浩が言った。

一応、幸子は食べてもいいかを聞くが、返事を聞く前に頬張る。口いっぱいにひろがる甘酸っぱさに、「美味《お》しい」と言って、浩と一緒にあんずを食べた。

どこにでもある平和なシーンだった。


父は母とは正反対で、とても優しかった。子どもたちとの時間を大切にしてくれた。日曜日になると魚釣りに連れて行ってくれたり、父の行きつけの飲み屋に〝自慢の娘〟として連れて行ってくれたりもした。

駅まではバスで三十分かかったが、幸子が父に「歩いて行こう」と言うと、いつも幸子が疲れるまで歩いてくれた。そして、歩き疲れると何も言わずに、父はタクシーで駅まで連れて行ってくれた。

肌寒い季節になると、父は幸子を膝の上に乗せて、ストーブで煎った銀杏《ぎんなん》をむいてくれたりした。

幸子は、そんな父の方が母より何倍も好きだった。

浩には吃音《きつおん》があった。原因はよく分からない。

幸子が物心ついた頃にはそうだったので、特に気にしていなかった。

優しい兄で、幸子とはいつも一緒に遊んでくれた。

幸子が幼稚園の頃、寒い冬に外で遊んでいた時、幸子が「寒い」と言うと、浩は着ているジャンパーを脱いで、

「さ、さ幸子、このジャンパー着ろ」と言って着せてくれた。

そのジャンパーの袖で幸子が鼻水を拭くと、バリバリに堅くなった浩の鼻水が付いていて大笑いしたものだった。

これが私の家族だった。はた目からは幸せそうに見えるだろう家族四人だった。

恒例の田舎で過ごす夏休み──寂しい記憶と楽しい思い出の錯綜《さくそう》──

セミの鳴く音《ね》。

母は、「夏休みは叔母さんの所で良い子で過ごすんだよ」と浩と幸子に言う。

幸子は元気に「はーい」と返事をし、浩は「りょ、りょう、了解」と返事した。

田舎には浩と幸子の二人で向かった。

ある駅で停車時間に浩が電車から降りて、弁当を二つ買おうとしたが、電車のベルが鳴ってしまった。幸子は窓から、

「兄ちゃん早く！」と叫んだが、ドアは閉まってしまった。

浩は慌てて、駅のホームから幸子に、

「つ、つ、次の駅で降りて待ってろ」

と言って手を大きく振った。幸子は泣くのをグッと堪《こら》え、一人で二人分の荷物を持った。

隣に座るおじさんが、

「兄ちゃんと別れちゃったな」

と笑いながら幸子に話しかけたが、声は耳にほとんど入っていなかった。

幸子を乗せた電車は次の駅に着いた。浩の言いつけどおりにホームに降りた。

一人で二つのリュックを置いて、頬を伝う汗を拭いながら、浩が乗る電車が来るのを待った。


一時間後、遠くの方から浩の乗った電車が駅のプラットホームに入って来た。

浩は電車から降りて、幸子の所へ走った。

「ご、ご、ごめんな。ほら、べ、弁当。一緒に食べよう」

浩は幸子の荷物も持ってくれた。幸子は浩が買ってくれた弁当を持ち、二人で電車に乗った。

幸子と浩は、電車の中で弁当を食べ、楽しく笑って話した。

電車に揺られながら田舎へ向かう時の気持ちは複雑だった。楽しみな反面、やはり父母と離れて過ごすのは寂しかった。

母にとって、夏休みは二人の子どもがいると仕事の邪魔だったのだろう。夏休みになると、必ず親戚に二人を預けた。

幸子は〝母親は私が寂しいってこと知っているのかな〟と思っていた。

幸子と浩は、この寂しさを共にしていたので、当時は連帯感のある兄妹だった。

叔母の美也《みや》が、

「遠い所までよく二人だけで来たねぇ」

と玄関で出迎え、浩と幸子の汗を拭ってくれた。

毎年、美也は幸子たち兄妹を優しく出迎えてくれた。

美也には子どもが三人いたが、末っ子の義則《よしのり》とよく遊んだことを覚えている。

幸子は、その年の夏もこれまでと同じような、他愛のない時間になると思っていた。

叔母、叔父、いとこ三人と夕食を食べていた。

虫の鳴く音が庭の方から聞こえた。

幸子が「今日は叔母さんと一緒に寝る」と言うと、叔母は、

「今日は幸子と一緒に寝られて嬉しいわぁ。浩と幸子が毎年来てくれて、叔母さん、とても嬉しくて。今日もご馳走《ちそう》たくさん作ったから、たくさん食べてね」

と言って喜んでくれたものだった。幸子は、

「はーい。おばさんのご馳走、美味しい！」

と元気に答え、たくさん食べた。

約束どおり、幸子は叔母と布団を並べて寝た。

浩は、少し年上の義則と二人で寝た。

次の日、浩と義則は、幸子に布団を巻きつけて、もみくちゃにするような遊びをした。そんなふうにするのが毎年恒例だった。

幸子はいとこの中で一番年下で、いつもいじられる存在だった。


幸子、浩と義則の三人で応接間のソファで遊ぶ時は、幸子の頭の上にソファのクッションを置いて、幸子がそれを嫌がるのを面白がった。

ある日、いつものように三人で遊んでいた。浩と義則の二人は楽しそうにしているが、その時の幸子の様子はいつもと違い、少し疲れていたのかぐったりしていた。

しばらくすると、急に幸子が大声で泣き出した。

初めは、突然泣き出す幸子の様子をみて面白そうに爆笑していた浩と義則であったが、ずーっと泣き続ける幸子に異変を感じた。

その泣き声を聞いた叔母が駆けつけて来て、

「二人ともやめなさい。幸子が泣いてるでしょう」

と浩と義則に叫んだ。叔母も幸子の泣き方が尋常でないと感じたようだった。

その後、幸子にさらに異変が生じた。いきなり泣き止み、突然、意識不明になってしまったのだ。

「幸子？　幸子!!」

周囲に大人や子どもの叫び声が乱れ飛んだ。しかし幸子の意識は戻らず、反応もなかった。

叔母は、急いで救急車を手配したが、何の病気かは分からなかったので、幸子を抱いて、二階へ行ったり、階下に戻ったりと右往左往した。

「ママ、泣かないで」

救急車が到着するまでの二十分ほどの間も、幸子の意識が戻ることはなかった。
駆けつけた救急救命士が、横たわる幸子の様子をみて、何かに気づいたようだった。
幸子の左足の裏に針を刺す。動く。右足に同じように針を刺す。が、動かない。
救急救命士は、
「入院する必要があります」
と告げ、近隣の病院に幸子を搬送した。
幸子は、病院のベッドに意識不明のまま横たわり、点滴を打っていた。
叔母、祖母の志津《しづ》に加えて、母も搬送先の病院に駆けつけてきた。

母は幸子のベッドの横にいて、幸子を見守っていた。

一晩経《た》っても幸子の意識が戻ることはなかった。

医師から家族に、

「こちらの病院では治療が無理なので、大学病院に転院させるように紹介状を書きましょう」

と告げられ、救急車で大学病院へ搬送されることになった。

救急車で搬送される意識不明の幸子。この間は、点滴が命をつないでくれた。

転院先の大学病院では、様々な検査が行われた。幸子は個室で治療することになった。

いまだ意識の戻らない幸子の足元に、母と祖母が立っていた。

医師から、

「意識が戻ったとしても、言語障がいや右半身麻痺《まひ》が残ると思われます」

と告げられ、母と祖母が泣いていた。

転院から二日後、幸子はベッド上でかすかに左半身を動かすことができた。

母は泣きながら「幸子」と呼んだ。

その呼び声に反応するように、幸子はわずかに目を開けた。意識を少し取り戻した幸子は、「ママ、泣かないで」と声をかけた。そして母の反応を見る間もなく、再び意識を失った。

優しさに欠けると思える母であったが、幸子にとっては唯一の母だった。母に愛されたかったのは言うまでもない。一瞬意識を取り戻した幸子は、母が自分のことで泣いている姿を見て、悲しくもあり、嬉しくもあった。

子どもの心は、いつの時代も素直なものだ。大切な人の涙は悲しく感じる。しかし、これまでになく自分のことに母の関心が向けられていることが嬉しかった。

「ママ、泣かないで」という幸子の言葉は、自分のために涙する母を元気づけたかったから出た言葉だった。

わずかな時間ではあったが、意識を取り戻した幸子が言葉を発したことによって、祖母は「言語障がいはなさそうだね」と母に話した。

母も涙ながらに何度も頷《うなず》いた。

「私、どうしちゃったの?」

四日後、幸子の意識は回復した。

ここから看病に当たったのは、別の叔母の孝子《たかこ》だった。

幸子には医師の説明のとおりに、右半身に重度の運動麻痺が残った。

ベッドの上で、どうにか自分の右半身を動かそうとするが全く動かない。まだ幼い幸子は、自分に何が起こったのか把握できるはずもなかった。

腰回りのごわつきに気づいて、幸子は、「私、オムツしてるの?」と聞いた。幸子は、徐々に自分自身の状態について理解し始めていた。

自力では起き上がることもできないことに気づいた幸子は、看病している叔母に、「私、どうしちゃったの?」と尋ねた。

叔母は、幸子が四日間、意識不明だったこと、脳の病気で右半身が不自由になったことを説明した。

幸子は、右半身が動かなくなったことはすぐ理解したが、それが生涯続くとは思いもしなかった。すぐに治ると思っていた。小学三年生では右半身不随になるということが理解できなかった。

母や叔母は、右半身不随になったという事実は理解していたが、幸子にはとても受け入れられないようだった。

幸子の脳のどこが悪いのか、のどから造影剤を入れられ、検査が行われた。

それは小さな幸子にとってはとても苦痛で、造影剤を入れる時には大泣きした。

何度か検査を試みたが失敗したので、全身麻酔で行ったりもした。幸子には、様々な検査はどれも苦痛なものだった。

ある日、幸子が昼寝から目覚めると、そばに叔母がいた。叔母は、

「何か食べたい物ある？」と幸子に尋ねた。

幸子が「スイカが食べたいな」と答えると、叔母は、

「じゃあ、スイカを買ってきて、一緒に食べようね」と言って、買い物に出かけた。

スイカを買ってきた叔母は、ベッドで横になる幸子の口元に、スイカを一切れ持ってきた。口いっぱいに広がる爽やかな甘みに、笑顔で幸子は「美味しい」と叔母に伝えた。

叔母も笑顔で、

「たくさん食べて、元気になるんだよ」と優しく幸子に言った。

幸子も「うん。すぐ、元気になる」と笑い、「叔母さんもスイカ食べて」と言った。

幸子は、優しい叔母に目いっぱい甘えた。

「叔母さん、スイカ食べたら、絵本読んで」と言った。

叔母も「そうだね。スイカ食べたら、絵本読もうね」と言ってくれた。

他愛もないやり取りであったが、不憫《ふびん》さからか、叔母の目には涙が溢《あふ》れていた。

動けないというのは、本当に生活が不自由になる。中でも排泄《はいせつ》は大変だった。トイレで用を足せないのは、子どもにとってもつらいものである。尿瓶《しびん》での排尿に慣れてきても、おしっこをするたび、幸子は「私もトイレでおしっこしたい」と言っていた。

叔母は、

「もうちょっと具合良くなったら、トイレでおしっこできるよ。もうちょっと待とうね。本当にもう少しだよ」

と言って励ましてくれた。

病室にやって来た医師は、

「少し、上体を起こしてみましょうか?」

と言い、幸子を抱きかかえるように上体を起こした。

幸子は、

「目が回る、やめて!」と泣きながら騒いだ。

医師は、

「まだ、起きるのは無理のようです。徐々に起きる練習もしていきましょう」

と叔母に伝えた。

う、う、動いた！

ある晴れた日、この日は母と浩が幸子の病室に来ていた。

浩は、今なお右半身の動かない妹を心配していた。

浩が見守る中、幸子が懸命に右手を動かそうと試みる。しばらくすると、浩が突然大声で、

「う、う、動いた」

と叫んだ。その声に驚いた母は、「どうしたの?」と聞いた。

浩の「さ、さ、幸子の右手の親指が動いたんだよ」という言葉に、母は、

「幸子、もう一度動かしてごらん」と言った。

幸子が懸命に右手の親指を動かすと、親指がかすかに動いた。

驚いた母は、ナースコールで看護師を呼んだ。看護師と医師がすぐにやって来た。

母は、

「先生、幸子の親指が動いたんです」

と、涙ぐみながら医師に伝えた。医師は優しく、

「もう一度、動かしてごらん」と幸子に言った。

幸子が右手の親指を動かすと、微《かす》かに、しかし確かに動いた。

涙ぐむ母の横で、浩も、

「さ、さ、幸子、よ、良かったな」

と幸子を励ました。

それからの幸子は目に見えて回復した。

上体も、手伝ってもらい起こせるようになり、病室での過ごし方が豊かになってきた。

時には、左手で絵を描いた。ただグルグルと円を描いた。右利きだった幸子にとっ

て、左手でペンを持って何かを描くのも大変だった。

少し動けるようになり、内臓も活発に動き始めた。

幸子が「うんち出る」と言うと、叔母は幸子が便を出せるように準備した。

幸子は、何でも聞いてくれる叔母が大好きだった。

ただ、母にももっと看病をしてもらいたかった。幸子は叔母が大好きだったが、やはり一番好きなのは母だった。母にもっと愛してほしかったし、母にもっと甘えたかった。


発症当初は全く動かなかった右手は、親指の動きの回復から始まり、この頃にはグーパーができるようになった。

その頃、左手で字を書いていたが、幸子は〝お習字は左手じゃ、書けないんだわ〟と思い、積極的に上体を起こして、右手でペンを持つ練習をし始めた。右手でグルグルと円を描いたが、最初はペンを持つこともやっとだった。

幼心に芽生えた自立心

ある日、幸子が目覚めると頭の方に布団が敷いてあり、そこで母が昼寝をしていた。幸子はベッドの柵につかまり、一生懸命上体を起こそうと必死でがんばった。何とか上半身を起こすと、一人でできた喜びを噛《か》みしめた。ベッドの柵の間に、ベッドから下りられるくらいのすき間があり、両足をその間に垂らした。全く足は床には届かない状態だった。

不自由でない左足を恐る恐る床に届くまで伸ばしたが、なかなか床には届かなかった。ようやくつま先が床につき、左足で床を踏んだ。ヒヤッとした床の温度を左の足裏に感じながら、右足も床につけてみたが、何も感じなかった。

何とか不自由な右足をついて立ち上がった幸子は、ベッドの柵につかまり、よろけながらも歩いてみた。

「歩けた！」

嬉しい幸子は、母にその姿を見せたくて母の方に歩みを進めた。母の見える所まで行って、母を驚かせようと思い、

「ママ！　ママ!!」

と母を呼んだ。なかなか起きなかった母だったが、ようやく呼び声に気づき、立っている幸子を見て、一瞬何が起こっているのか分からなかったようだった。一呼吸おいて母は、「幸子！」と叫んだ。

その姿を見て、幸子は笑顔になった。

母は「どうやって、ここまで来たの？」と幸子に聞いた。

「自分でベッドから下りて歩いたんだよ」と、幸子は得意げに笑顔を向けた。

母親に喜んでもらえたのは、とても嬉しかった。が、何より自分で歩けたことが嬉しかった。やれば何でも一人でできるという経験は、幸子の心を大きく成長させた。

その後もメキメキと回復し、手すりにつかまれば階段も上り下りできるようになった。できなかったことができるようになるのは、嬉しいものである。この純粋な嬉しさが、この頃の幸子の回復の原動力だった。

ある夜のこと、病院の屋上から叔母と一緒に夜空を眺めていた。幸子は、「私、一個の星が二個見えるから、星がいっぱいで綺麗《きれい》」と喜んでいた。脳の病気の影響で、左目は物がダブって見えていた。左目を手で隠して、「こうすると、星の数が半分になっちゃう」と叔母に話した。

そんな頃、リハビリをする幸子にクラスメイトから千羽鶴と手紙が届いた。千羽鶴をもらうのは初めてだった。クラスのみんなで作ってくれたのは嬉しかった。そして、クラス一人一人からの手紙は宝物になった。幸子を思って書いてくれた手紙は幸子を励ました。みんなとまた勉強もがんばろうと思った。

大人になった今でも、「あの時、幸子の家にお見舞いに行ったんだよ」と言ってくれる友だちがいて、友だちとは本当にありがたい存在だと思った。

順調にリハビリも進み、右足を引きずりながらではあるが、人の手を借りずに歩けるくらいまで回復した。退院に向けての準備が始まった。

だが、脳の苦痛な検査は続いていた。幸子のような幼い子が脳の病気になることは珍しかった。医師も一生懸命であった。

病院の医師が両親に対して、幸子に障害者手帳を持つことを勧めた。

父は障害者手帳を持った方がいいだろうと言ったが、それに対して母は反対した。

母にとって、自分の娘が障がい者というレッテルを貼られることは、良くないと思ったのだった。

父との間では激しい口論になったが、母は簡単に考えを曲げるような人ではなかった。結局、医師には母が断りを入れた。

幸子はこれから、障害者手帳のない障がい者として人生を歩むことになった。

もちろん、当時の幸子にはそういったことは知らされることもなかったし、知らされたとしてもピンとくる話でもなかった。

幸子小学三、四年生くらいの時の話―両親の離婚―

幸子は無事に退院し、学校に再び通うようになった。

クラスメイトには、自分のように病気をした子はいなかった。元気に走り回るクラスメイトと右足を引きずりながら歩く自分を比べて、幸子は、〝自分は障がい者になった。みんなと違う〟ということを改めて知った。

〝なんで私だけ、こんなことになったのだろう〟と、神様を憎んだ。そして神様などいないと思った。神様がいれば、私の身体を不自由にするなんてことはしないと強く思った。

この頃から家では、母と父が幸子の病気のことを巡って、頻繁に口論するようになった。

父は「お前の親戚に預けたから幸子は病気になったんだ。お前が悪い。お前が仕事ばかりして、幸子と浩の面倒をみないから、こうなったんだ」と言い、母は、「あなたの実家に預けても同じだったわよ」と言い返していた。

父は「お前がインスタントの食品ばかり食べさせるから、幸子は病気になったんだ。見ろ。浩が吃音なのも、お前に責任がある」と言い、母は、「私だけの責任のはずないでしょ。あなたにも、浩の吃音に責任はあるわよ。インスタントの物ばかりと言うけど、今のインスタントは栄養満点よ。文句があるなら、あなたが夕食も料理すればいいじゃない」と負けずに言い返す。

父は「私は毎朝、朝食は欠かさず作っているじゃないか。ご飯を炊いて、味噌汁《みそしる》作って、私の食事の方が断然健康的だ。夕食はお前の担当だ」と言い放つと、母も、「私の担当でも、私が忙しいの知っているでしょう？　私は、不動産会社を作って社長になるのよ、社長よ。あなたなんか、もう、私には必要ないのよ。離婚届に判を押してちょうだい」と詰め寄った。

父が「子どもたちはどうなる？」と現実的な話になると、

「もちろん、私が育てるわよ」と強気で母は返した。

父は「この家はどうする？」と次の話題になり、母は、

「もちろん、私の家よ。だって、浩と幸子を育てるためには家が大事なのよ」と言った。

父は納得したように、

「では、ここは四十八坪あるから、四八〇万私によこせ」と言って、金額を提示した。

母は「あとでもめないように立会人を付けて、その時、四八〇万現金で渡します」と言って決着をつけた。

幸子は、自分の病気のために両親が離婚の話をすることが多くなったと感じ、自分が悪いと思った。

そして、ついにその日が来た。

立会人が二人いる。四八〇万円を現金で、母・千鶴子が父・俊夫に渡した。離婚届

に判を押す父と母。そばに、浩と幸子が黙って座っている。
　判が押された離婚届は受理された。

　次の日の夜、父が家に戻り、家に入ろうとすると、母は大声で、
「あなたはもう、赤の他人よ！」と叫んだ。
　幸子は「お父ちゃん！」と叫んだ。
　父が諦めようとしないので、母は警察を呼んだ。パトカーの音に「何の騒ぎだ？」
と隣人が集まった。
　しばらく騒ぎが続いて、父は警官に囲まれた。泣きながら幸子は、
「お父ちゃん！」と叫んだ。
　母は、冷たく、
「この人は別れた夫です。家に来ないように警察で見張ってください」
　と言い捨てた。父は酔っていた。
「幸子」

と呼ぶ父の声に幸子は応えた。父は幸子を呼びながら泣いていた。


数週間後、父から電話がかかってきた。

幸子は電話に出て、嬉しくて「お父ちゃん」と言った。

母は不審がって、

「幸子、誰からの電話なの？」と聞いた。

「お父ちゃん」と幸子が答えると、母は「電話を切りなさい」ときつく言った。

幸子がしぶしぶ電話を切ると、再び電話がかかってきた。母は電話に出ないように幸子に言い、電話の音だけが空《むな》しく鳴り響き続けた。

幸子は「電話に出たい」と言ったが、母は電話には出ないように言うだけであった。

電話がかかってきたのは、それが最初で最後であった。そして、それが父との最後の別れになるとは、誰が想像できただろうか。


母は、会社を設立するために、当時住んでいた場所の近くに三階建てのビルを建てて、浩と幸子を連れて引っ越した。引っ越しは業者に頼んで行い、千鶴子、浩、幸子の三人は、新しい家に住むようになった。

幸子にも自分一人の部屋が与えられた。でも、幸子が欲しかったのは大きな家ではなく、小さくても愛情にあふれる家だった。その願いさえも絶たれた。

さらに、その引っ越しの時に、幸子が入院中にもらって宝物にしていた千羽鶴は、ゴミとして捨てられた。クラス全員からの手紙も、千羽鶴と一緒に捨てられた。幸子はとてもショックだった。

幸子は「千羽鶴は捨てないで」と懇願したが、母は「こんな物は必要ない」と言って、グチャグチャにしてゴミに出した。理不尽な話に幸子は納得ができず、無力感だけが残った。


幸子は入院中に、母に対してこれまでの関係よりも近いものを感じていた。叔母が献身的に世話をしてくれたのも嬉しかったが、やはり母に甘えたいという気持ちは当然あった。

　クラスメイトからもらった手紙や千羽鶴は、病気をして大変な思いをしている幸子にとって、本当に励ましになっていた。なぜ母はそんな幸子の気持ちを分かってくれないのか。悲しかった。

　この時、幸子が持つ母への期待は裏切られ、母に対しては恨みさえも芽生えるようになった。

　母は、優しさも愛もない人だと思った。自分さえよければいいと考える勝手な人だと思うようになっていった。

父の死

それから間もない頃だった。幸子と兄が留守番をしていた午後七時頃、母の帰りを待っていた時、父の同僚が家に突然来て、

「お父さんが亡くなった」と言った。

幸子と浩は目を見合わせ、訳が分からないまま、同僚に連れられて、病院へ行った。父が病院のベッドで亡くなっていた。その部屋は無機質な霊安室で、父だけが一人でベッドに横たわっていた。死因はくも膜下出血と聞かされた。

死んだ父にどうしてあげればいいのか分からなかった。ただ、父の同僚と浩と幸子で、横たわる父を眺めているだけだった。死が人間の終わりなのだということが理解できなかった。

幸子は「お父ちゃん」と何度も呼んだが、父の返事はなかった。幸子には、死ということがまだよく分からなかった。

葬儀には、兄と幸子と父の親族が来ていて、母は葬儀には来なかった。

父・俊夫が火葬される時、

〝お父ちゃん、火に入れられて死んじゃう！〟と心がかき乱された幸子は、この時初めて、父が死んだのだと実感した。

父は熱い所に入れられ、骨だけの形になって出てきた。それを見て、父がいなくなったと理解した。優しかった父。幸子を愛してくれた父。父は死んだのだ。

やっとの想いで父に会えたと思ったのに、会えたのが父の死であったというのは、心が痛く、つらかった。

その後の人生において、幸子は何度も父に相談にのってもらえたら、と思い暮らすことになったのだった。

父が亡くなり、泣きたかったが耐えた。お骨の拾い方も教えてくれない人たちの前では泣けなかった。その後は父がいなくて泣くことがたびたびあったが、一人で泣いた。父のことで慰めてくれる人はいなかった。

父の親族は、

「千鶴子さんたら、こんな小さな子どもだけで葬儀に来させて、どういう神経しているのかしら」などと吐き捨てるように言った。浩と幸子の気持ちなどお構いなしだった。

浩と幸子は、父の骨を他の大人のしているように見よう見まねで拾い、骨壺《こつつぼ》に入れた。そして、浩と幸子は訳も分からずに骨壺を持たされた。

父は離婚し、家族も失っていたので、遺品は一つもなかった。ただ、母と離婚した際に受け取った四八〇万円は、手を付けずに残していた。それも幸子名義で預金していたのだ。しかし、その四八〇万円は母がビジネスに使い、幸子に残されることはなかった。

父はとても絵の上手な人で、キリスト教の幼稚園に通っていた幸子に、いつもクリスマスカードに絵を描いてくれた。

そのカードも両親が離婚した時に母に捨てられてしまい、幸子には父の思い出の品はなくなり、記憶の中に残っている父しか思い出になるものはなかった。


父が亡くなって約一週間経ったある日、午後八時を知らせる掛け時計が鳴った。幸子は、外から聞こえる焼き芋屋の声を聞いて、浩に、

「私、一〇〇円持っているから、お芋買って二人で食べよう」

と言って、足を引きずりながら焼き芋屋のトラックに近づいた。

「焼き芋ください」と声を弾ませながら言うと、焼き芋屋は、

「サービスして大きいのをあげるよ」と言って焼き芋を新聞紙に包んでくれた。

幸子は、笑顔で浩に「美味しいね」と言って、夕食代わりに食べた。

浩は「お、お、俺とお前のこの寂しい気持ちは、俺たち二人にしか分からない。さ、さ、幸子、二人で、コタツで寝よう」と言って、二人でコタツで寝た。

浩はあまり多くを話さなかったが、幸子には障がいがあるということを除けば境遇は同じだった。お互い頼れるものがなかったから、兄妹で励まし合うしかなかった。

母は、離婚や元夫の死後も、何にも変わらなかった。

幸子にとっては相変わらず、母との距離を感じたまま過ごす日々が続いた。

しかし、母も必死だったのだ。女手一つで二人の子どもを育てるというのは、並大抵のことではなかった。

それでも耐える

父が亡くなり、納骨も終わった。

数ヵ月後、小学校で男子生徒に、

「お前は足が不自由で、父親もいない孤児だ〜」と揶揄《からか》われることがあった。

幸子が、悪口を言った生徒に飛びかかって喧嘩《けんか》をしていると、担任の先生が来た。

その次の授業で、幸子と喧嘩をした男子のことで話し合いの場が設けられた。

どちらが悪いか？　という裁判のような授業で、幸子はただ一人傷ついただけだった。

幸子は、なぜ先生は私の心を傷つける授業をするのだろうと不審に思い、先生への信頼がなくなっていった。

そんな中、幸子は次第に〝自分も死のう〟と自殺を考えるようになり、三階建ての自宅の屋上から飛び降りようと思った。父が死んでどこかにいるなら、父の所に行きたいと思ったのだ。

そして屋上から飛び降りようとしてみたが、結局その勇気もなかった。

ふと思いついて、寒い冬に、窓を開けっ放しで寝てみたが、死ねない。

幸子は生きていることが苦痛であった。右半身が不自由になり、学校では虐《いじ》められ、どう生きていけばいいか分からないまま、ただつらく、苦しい思いで生きていた。

学校で体育の授業に出ても何もできず、自分で出ないことを決めた。父が死んでも母は相変わらず自分中心で、相談する相手がいなかった。

その頃、母には愛人がいて、愛人と夜を過ごすことが多くなっていた。

母は朝ご飯を作ることはなく、浩と幸子は空腹のまま学校へ行った。

避難訓練の日、幸子は気分が悪いと言って、保健室で仮病を装い寝て過ごしていた。避難訓練の時は、靴を上履きから外履きに履き替えなければならないのだが、その時の幸子は、靴の履き替えは座ってしかできず、とても時間がかかった。みんなが難なくできる靴の履き替えも、幸子にとっては困難なことだった。

だから避難訓練の日は、いつも仮病を使って保健室で寝ていたのだ。

足が不自由でもあり、また誰にも相談することができなかったが、そうやって幸子は自分で工夫して生きていく術《すべ》を学んだ。

朝食は、浩と幸子でパン屋でパンを買っておいて、二人で食べた。

幸子は、体育の授業を見学することや避難訓練を回避すること、朝ご飯にパンを買っておくことなど、生きる術を自分で学ぶしかなかった。しかし、それが幸子を力強くした。

中学生になった幸子

幸子は、足を引きずりながらも、中学校にセーラー服を着て通った。

中学二年生になると、中学校生活にも慣れてきた。中学一年生の頃は虐められたが、二年生に進級すると、クラス替えがあり友だちに恵まれた。

母はお金のことで頭がいっぱいであった。仕事は順調のようで、自宅の三階建てビルの二階事務所には、いつも来客がいた。男性の従業員も一人いた。

幸子は事務所を通ると叱られるし、来客に挨拶をするのが面倒だったので、誰にも会わないように三階の自分の部屋に帰った。

ご飯はカップラーメンが段ボール箱で買ってあり、それを食べて過ごした。この頃は、母が雇ったお手伝いのおばさんがいて、家事はお手伝いさんが行っていた。掃除や洗濯などはお手伝いさんが行っていたが、料理をすることはなかった。料理をするお手伝いさんは、幸子が大人になってから雇われることになった。そしてそれは、母が事業で成功しているということでもあった。

幸子は中学校では英語が好きだったので、英語塾に通い、クラブも英語クラブに入った。仲良しの友だちもいて、近くの甘味屋に友だちと行って、お喋《しゃべ》りを楽しんだりもした。

テレビは観《み》ずに、ラジオのＦＥＮ（現在のＡＦＮ）という基地の放送局が英語でラジオ番組を放送していたので、それを好んで聴いていた。

ＦＥＮでは洋楽しか流れなかったので、音楽も洋楽ばかり聴いていた。「アメリカントップ40」という、アメリカのロックやカントリーミュージックのトップの四十曲が流れる放送番組が土曜日の午後にあり、その番組がお気に入りであった。

思春期に入り、浩とは距離ができるようになっていた。自分で行動を起こし、自分で生きていくことを学んでいった。


運動会の日、幸子は学校を休んだ。次の日、仲良しの女友だち〝なーさん〟から、

「なんで昨日、学校休んだのよ?」と聞かれた。

幸子はしばらく黙っていたが、それでも聞かれるので、面倒臭そうに、

「運動会、出たくないんだもん」と言った。

幸子は体育の授業は欠席していたし、運動会も当然出たくなかった。


浩が持っていた雑誌の文通欄を見て、幸子は高校生と文通を始めた。

その頃、イギリス人の同世代の男の子とも文通をしていた。その手紙にはグレートブリテン王国の説明や、男の子の自己紹介などが書いてあった。

日本や海外の人たちと文通をするのは楽しかった。イギリス人の友だちには、風鈴を送ったりしてとても喜んでもらえた。幸子は、人に喜んでもらえると幸せを感じた。

ある日、母の紹介で歯医者に行くと、いきなり前歯から奥歯にかけて治療をさせられ、一〇〇万円以上という額を請求された。母は、その歯医者に土地を買ってもらうために治療をお願いしたのだった。

幸子の歯は一本虫歯があっただけだったが、その歯は抜かれ、その他の歯は全部を被せられた。もともと、幸子は歯並びも良く綺麗な歯だったが、母は自分の儲《もう》けになるためには、幸子の歯の治療など、どうでもよかったのだった。母にとっては、儲けが優先だった。

母は、その歯医者に土地を買ってもらい、支払った何倍もの儲けを出した。その後幸子は、歯のことでは生涯苦労することになった。

父のいない幸子には、困ったことを相談できる家族がいなかった。母が浩を父親代わりにさせるようになり、あんなに仲の良かった浩も幸子を見下すようになった。幸子は家では一人ぼっちであった。

中学三年生のある日、幸子は風呂敷包みを持った母と、女子校のA高校の応接室に出向いた。

幸子と母が応接室で座って待っていると、恰幅《かっぷく》のいい男性教師、浜岡が入ってきた。母と幸子は立ち上がり、お辞儀をした。

ノックの音がして、事務員がお茶を三人分持ってきてすぐに出ていった。母は風呂敷包みを開け、

「これで、お願いいたします」と金を出した。

浜岡は、

「これで君も、うちの高校の生徒だ」と不気味に笑った。

母は「お願いいたします」と深々と頭を下げたが、幸子は黙っていた。

帰りの車の中で、幸子は運転する母に怒って言った。

「なんで、私がお金でママの気に入った高校に入らないといけないのよ。私は成績もいいし、お金なんかなくても、入学できる高校はたくさんある」

するとは母は、

「幸子は体育の成績が悪いから、入れる高校は偏差値の低い高校なんだよ」と言う。

「私は偏差値も高いし、ママのお金でどうにかしようっていう行動、何とかしてよ」と訴えた。しかし母は、

「幸子は子どもだから、世の中のことがまだ分からないんだよ。世の中すべて金なんだよ」と言った。

幸子は、母の横柄な態度に単に反発するだけでなく、心底呆《あき》れていた。

この頃から、母に変化を期待するのが無理なのであれば、利用してやろうとさえ思うようになった。

高校時代

幸子は滑り止めのK高校には無事合格し、A高校も、もちろん試験を受けて実力で合格した。

幸子は、A高校の制服と分厚い高校の革の学生カバンを自分の前に置いて座った。そしてカバンを持って風呂場に行き、熱いシャワーをカバンにかけて、ペチャンコにした。幸子は、そのカバンを持ってA高校の入学式に出席した。

その日幸子は、放課後、職員室にカバンを持ってくるように言われた。幸子は、自分の潰れた薄いカバンではなく、同じクラスの他の女子のカバンを借りて職員室へ行った。

担任の教師は、いぶかしげに、

「本当にこれが、阿部のカバンか？」と尋ねたが、幸子が「はい」とたじろぎもせずに返事をするので、

「ここに名前を書きなさい」と担任は詰め寄った。

しかし幸子は、平然として思いきり大きな字で「阿部幸子」と自分の名前を友だちのカバンの内側に書いた。

カバンを借りた生徒に幸子は、

「ごめん。私の名前書いちゃった。だって、先公が名前書けって言うから、思いっきり大きな字で自分の名前書いちゃった。ごめんね。シールでも貼っておいて」

と言って謝り、帰宅した。

帰ると、自宅の事務所で母が怒って待っていた。そして、

「浜岡先生から電話があって、お前がもう職員室に呼ばれたって聞いたよ」と言った。

幸子は、

「無理やり私をA高校に入れて、入学式にも来ないんだから。あんたが何て言っても私は自分の道を歩くから」と反抗した。

幸子は、

「私、『ファニーL』っていう英会話塾に通うから。これも勉強ですから」

と平気な顔で言った。

母は「勉強にならいくらでもママ、お金出すから」と返した。

幸子は「ありがとうございまーす。感謝してまーす」と半分ふざけて言った。

幸子は、経済的には母を必要としていた。そこには、幸子の甘えがあった。


幸子は、大学生たちに交じって英会話を学んだ。幸子がペラペラと英語を話したので、大学生Bは、

「幸子、どこでそんなに英会話を学んだんだ?」と驚いて聞いた。

「中学校の時、英語クラブに入っていて、銀座とかで外国人を見つけて、英語で話し

かけたりしてたから」とさらりと答えた。

彼は、「すげー高校生だな」と感心していた。

幸子は数学は〇点で追試を受けることがあったが、英語はいつも一〇〇点満点だった。

幸子は自分の興味のあることには、惜しまず勉強をした。英語もその一つで、英語だけは誰にも負けないように勉強をした。


幸子は、学校の一番前の席に座って居眠りをしたり、夜には、英会話塾の大学生の友だちとつるんでディスコに行ったりした。足が不自由ながらも、楽しそうに踊った。曲は七〇年代のディスコミュージックだった。

その頃の幸子は、家族のことはどうでもよくなっていた。大学生の友だちがいればそれでよかった。

「ファニーL」に、〝大学生のホームステイ、サンフランシスコ郊外〟のポスターが貼ってあった。

　幸子は、大学生たちとそのポスターを見て、「みんなでサンフランシスコに行こう」と言った。

　そして事務局に、

「大学生対象って書いてあるのですが、私も行きたいんですが……」と尋ねると、

「幸子さんなら行ってもいいですよ。英会話できるから」との返事だった。

　幸子は「ワ～、やった～」と喜びの声を上げた。


　幸子は、大学生たちとつるんで、新宿の夜の街をウロウロしていた。

　するとA高校の教師、浜岡が、女性とデレデレしながら歩いているのを見かけた。

　幸子は大学生の仲間に、

「アレ、私の高校の教師だよ。そしてあれがきっと愛人だよ。注意してやる」

　指さしながらと言うと、大学生に、

「幸子が補導されるだけだから放っておけ」と言われた。

思春期の幸子にとって、A高校の教師が新宿の夜の街で愛人とデレデレして、キスしたり、抱きしめ合ったりしたあと、ラブホテルに入って行く姿は不潔で汚いと思った。

そしてそれに輪をかけて、母の金で人を動かすという行動が赦《ゆる》せなかった。大人は汚いと感じた。

幸子は次の日、浜岡を夜の新宿で見たことを職員室へ訴えに行った。

「浜岡先生が昨日、愛人と一緒に新宿でいちゃついて、ラブホテルに入って行くところ、見ましたよ」

浜岡は、

「私がどんな私生活をしようが、阿部には関係ないだろう。それに私は昨日、新宿なんかに行っていない」ととぼけて言った。

幸子は、

「愛人がいたのですぐ浜岡先生って分かりましたよ。あの愛人は私も知っているんです。

私の母が言ってました。あの愛人の紹介で浜岡先生を知り、私をこの高校に入れたんだって。しかもお金を私の母から受け取って。それって教師失格じゃないですか」

それを聞いた周りにいる教師には動揺が走り、職員室はざわついた。浜岡は多くの視線の中でタジタジになった。

その結果、幸子の母が学校に呼び出され、幸子は母からもこっぴどく叱られた。

母からは、

「浜岡先生の顔に泥を塗るようなことをして、全く幸子はどうしようもない子だね。先生の言うことを何でも、はい、はい、と聞いていればいいのよ。愛人の話なんてしたら、浜岡先生が困るでしょう。幸子はどうしてそんな簡単なことが分からないの？」と言われた。

しかし、そんなことで母の言うことを聞く幸子ではなかった。幸子は、自分の周りにいる大人が信じられなくなっていった。

幸子は授業では寝ていた。幸子の通っていた高校は大学の付属だったが、幸子は成績も良くないので、付属の大学へ行くことは諦めていた。

この高校は所謂《いわゆる》お嬢様学校だったが、幸子はいつも教師から注意ばかり受ける生徒になっていた。髪は染めてもいないのに、染めているグループに入れられた。教師に目を付けられていたからだ。自分の通う高校が嫌いで、教師も嫌いで、母親も嫌いで、仲間は英会話塾の大学生だけだった。一緒に夜遊びする大学生には、勉強を教えてもらっていた。

その仲間と一緒に、アメリカにホームステイする日がやって来た。夏休みであった。約三十日間のホームステイである。

夏休み、アメリカへ一ヵ月のホームステイ

羽田空港国際線ロビーで「ファニーL」の仲間と一緒の幸子は、搭乗口付近で、外国人の子どもが転ぶのを見た。

幸子は急いでその子の所に行って、抱いて立たせようとした。すると、その子の母親が幸子を「No!」と制し、子どもに「Get up, Get up」（立ちなさい、立ちなさい）と言った。

幸子はカルチャーショックを受けた。そして、「私、ゼッタイ、アメリカに留学する」と独り言で誓った。アメリカは凄いと思った。エネルギッシュな国だと思った。

しかし今は、日本人が、子どもを立ち上がらせるために手を差し出すのは、優しさであり、どちらの文化も素晴らしいと思っている。

幸子の滞在したホームステイ先には、小学生の男の子一人と女の子一人の、子ども二人がいた。

子どもたちは、午後九時頃の寝る前ギリギリまで友だちの家に行って、ビリヤードなどで遊んでいた。そして昼間は近所の子と蛇を捕まえて遊んだりしていたが、その遊び方は幸子にとって新鮮であった。

子どもたちは、どんな国でも可愛い存在であった。彼らは、幸子が嫌だと言っても、蛇を幸子に持たせようとした。幸子は逃げ回り、子どもたちはそれを面白がった。

幸子たちホームステイしている学生は、朝九時から学校へ行って英語、英会話の勉強をした。勉強が終わるとホームステイ先の家に帰って、それぞれの家で過ごした。

幸子は、ホストマザーの作るチョコレートケーキが大好きで、一緒にケーキを作ったりした。トイレのドアは、誰も入っていない時は開けたままにするのが、アメリカでのトイレの使用習慣であった。最初はそういった習慣も分からなかった。

ロサンゼルスの遊園地に行く企画もあり、幸子もそこへ行って遊んだりした。楽しかった。遊園地はアメリカでも混んでいたが、幸子にとってそれが最初で最後の遊園地となった。

その遊園地併設のホテルに滞在した。ホストファミリーから、料金が高いのでルームサービスは使わないよう注意も受けた。


ある日、「ファニーL」の女子大生と迷子になった。幸子は、

「住所は分かっているんだから、ヒッチハイクして帰ろう」と誘って二人でヒッチハイクをした。なかなか車が止まってくれなかったが、しばらくすると、一人の男性が車を止めてくれた。

幸子が「Would you please take us to this address?」（この住所に連れていってくれませんか?）

と流暢《りゅうちょう》な英語で尋ねると、男性ドライバーは、

「No, problem. It is my pleasure」（もちろんいいよ。光栄だよ）

と言って二人を乗せてくれた。

ドライバーが、

「Where are you come from?」（どこ出身なの？）

と聞いてきたので、二人で同時に「Japan」（日本）と答えた。

しばらく走り続ける車の中で、不安になった女子大生が、

「私たち、誘拐されない？」と囁《ささや》いた。

幸子は、

「大丈夫だよ。いざとなったら、信号で止まった時、二人で逃げよう」

と小さな声で示し合わせた。

ダウンタウンから郊外へ走る間、幸子は祈るように持っていた紙で鶴を折った。

幸子は「この辺じゃない？　ああ、あそこだよ」とドライバーに告げた。

車は家の前で止まった。幸子は、車を降りるとほっとした気持ちで、折った鶴をドライバーに渡して、女子大生と「Thank you」とお礼を言って別れた。

車の音を聞いたホームステイ先のホストマザーが、心配して出てきた。

「ファニーL」の留学担当のツアーコンダクターからも、

「ゼッタイ、ヒッチハイクしたらだめです」とみっちり叱られた。

幸子は「叱られちゃったね」と、女子大生にウインクしてみせた。


ある授業の休みの日、みんなでダウンタウンへ行った。

レコード屋でレコードを見ていると、突然の大声が聞こえた。

「Freeze!」（動くな！）

銃を持った人が店内に来て、大声で言った。幸子も陳列台のレコードに隠れて伏せた。しばらくすると警察が来て、銃を持った人が捕まった。アメリカの銃社会を身をもって経験した事件だった。


アメリカでのホームステイではいろいろなことがあったが、無事に終了し帰国した。

家庭教師とボーイフレンド

日本に帰国後、一緒にホームステイしていた東大生の野口に、数学の家庭教師を頼んだ。

母は三人で行ったしゃぶしゃぶ屋で、

「野口さんは東大なんだってね。幸子にはもったいない家庭教師だよ。どんどん飲んで」

と言ってビールを勧めた。そして母は、

「ビール飲んでから勉強教えるぐらいがちょうどいいのよ」

と言って、幸子をうんざりさせた。

夜、食事が終わってから、野口が酔ったまま幸子に数学を教えた。

幸子は「なるほど」と言いながら、微分・積分などの問題を解いていった。

幸子は、数学がだんだん好きになっていた。数学の問題を解いて、答えが出るのが楽しくなったのだ。

野口は、

「幸子の母親、変わってるよな。俺にビールどんどん勧めて、それから勉強だもんな」と笑いながら言った。

幸子は「私、あの母親大嫌いだから」と応えた。

数学の勉強をがんばる幸子は、あっという間に一〇〇点を取るようになった。やがて幸子は野口を愛するようになったが、野口には恋人がいて、幸子は片思いであった。

その後、幸子には某高校のラグビー部の主将の成田という恋人ができた。

成田とはゼミで知り合った。一緒に映画に行ったり、成田のラグビーの試合を見に行ったりした。

成田の高校の運動会に応援に行くと、借り物競走があり、幸子を連れていこうとする学生がいた。幸子が恥ずかしくて嫌だと言っても、手をつないで連れていこうとした。周りの見学に来ていた人たちも「行ってあげなさいよ」と言って幸子を後押しした。

結局、幸子もその学生とゴールした。右半身が不自由だったが、身体が不自由で恥ずかしいという気持ちはなくなっていった。人前でそんなふうに走れたのだ。ハンディを恥ずかしいと思っていた中学生時代だったが、高校生の頃からは不自由な身体を周りの人たちも受け入れてくれていると感じられるようになり、それが嬉しかった。

高校三年生の秋。進路を決める三者面談が行われ、幸子、母、担任の教師で話し合った。

その頃の幸子は、苦手な数学も得意になり、成績は良くなっていた。

幸子は、「私は、アメリカに留学します」と言って譲らなかった。

母は最初は反対したが、幸子の強い意志に根負けした。

アメリカ留学出発の前日に、幸子は母の前で正座をして、

「明日からアメリカに行ってきます。今まで育ててくださりありがとうございました」

と頭を下げた。

母は承諾はしたものの、留学の手続きなど煩わしい作業は一切することはなかった。ただ母には財政能力証明書を書くにあたり協力してもらう必要があった。当時は留学を相談する窓口も少なく、窓口探しから始めた。アトランタの語学学校に入学すること以外はノープランだった。

アトランタにしたのは、写真で見た花が綺麗だったからで、特に他に理由はなかった。

アメリカへ留学

三月、幸子を乗せた飛行機が、アメリカの西海岸へ向かって離陸した。幸子は、高校の卒業式が終わるとすぐアメリカに飛んだのだった。アトランタは東海岸なので長旅になる。

幸子の一人留学が始まった。ここからは、本当に一人ですべてを決断していかなければならない。

西海岸では、夏にホームステイした家族の所に一泊した。そこから東海岸に飛ぶ飛行機に乗り継ぎ、ようやくアトランタに到着した。

空港で日本人の男性が近づいてきて、どこに行くか聞いてきた。

「オグレソープ大学です」と答えると、タクシーで途中まで一緒に行ってほしいと頼まれ、一緒に行くことにした。

住所と地図を見て、幸子が「この辺だから」と降りるように指示した。話を聞くと、日本から海外に派遣された社会人だった。一人で大丈夫か心配だったが、幸子も大学へ行く必要があったので先を急いだ。

金曜日だったが、大学に到着すると事務局が閉まっていた。寮に行くと、珍しそうに宿泊している人たちが集まってきた。

「今日は金曜日だから、午後五時で事務局は閉じているよ」と知らされた。時計を見ると、午後五時十五分だった。

「月曜日の朝まで待たないと寮に泊まれない」と外国人が教えてくれた。ここでは幸子も外国人であった。すると寮に宿泊している女性が、「寝袋があるから、私の部屋で月曜日まで寝ればいい」と言ってくれた。他に方法もないので、厚意に甘えることにした。生まれて初めて床で寝た。

空港で声をかけられた日本人の面倒をみていたから遅れてしまったと思ったが、仕方ないと諦めた。

そして月曜日、幸子はアトランタの語学学校に入学した。事務局に行って入学の手続きをする。世界中から集まった外国人の中に幸子もいた。幸子は一生懸命勉強した。最初の一ヵ月は寮に滞在した。

ある日、幸子に電話がかかってきて、急いで出なくてはいけないと思い、カギはかけずにドアだけ閉めて電話に出た。その数分の間に、お金を盗まれてしまった。幸子は〝やられた～〟と思ったが後の祭りであった。

そこで幸子は、寮でなくホームステイすることに決めた。

ホームステイ先では、メキシコ人のカルロスと、サウジアラビア人のモハメッドと一緒であった。

モハメッドはイスラム教徒だったので、豚肉料理は食べなかったが、ホストマザーは豚肉ではないと説明して、モハメッドに豚肉料理を勧めた。モハメッドも、豚肉と鶏肉の違いは知っていたので、豚肉を鶏肉と言うホストマザーも、それを拒否するモハメッドもおかしくて、幸子は笑ってしまった。

昼休みにイスラム教徒の女性たちと食事をしたり、イスラム教のお祈りを見たりした。幸子は他の国の学生が幸子よりさらに積極的で、英語ができなくても、どんどん英語で話すので驚いたが、幸子も負けずに勉強し、英語で話した。アメリカへ来てよかったと思った。

イスラム教徒の人と友だちになり、仏教の由来や日本のことも勉強するようになっていった。本では学べないことがたくさんあった。

天気の良い日は木陰で授業があった。楽しかった。


学校が休みのある日、男性二人からローラースケートに一緒に行こうと誘われた。

幸子は全く滑ることができなくて転んでばかりで、転ぶたびに、男性二人が代わる代わる助けに来た。男性二人は話し合い、倒れた幸子を立たせるために、おっぱいを触って抱き上げようと企てていたようだった。倒れるたびに、後ろからおっぱいを触られた。

幸子は初めは親切でしていると思ったので、起こされるたびに「ありがとう」と言っていた。しかし、何度も同じことが繰り返されるので、確実にこれはセクハラと気づいて、滑るのをやめて一人で帰宅したこともあった。

アトランタに三ヵ月滞在後、幸子はやっぱりアメリカに来たからには、首都のワシントンDCに住まなければアメリカのことは分からないと思い、ワシントンDCの語学学校に転校した。

そこで、日本人の二歳年上の之博《ゆきひろ》と、他の三人の日本人男性に出会った。やはり、海外にいると日本人は懐かしいので、日本人同士仲良くなった。

之博は、幸子に一目惚《ひとめぼ》れした。之博はジョージワシントン大学の大学生で、車も持っているお金持ちのおぼっちゃまだった。幸子は之博のことを「ゆきちゃん」と呼んだ。

幸子は動物園前の寮に住んだ。之博は幸子をデートに誘い、二人は美術館や博物館によく出かけるようになった。幸子も之博が気に入っていた。

幸子は之博や他の三人の日本人男性と一緒に、カナダにも車で遊びに行った。五人で何泊か安いモーテルに泊まった。部屋はじゃんけんで三人と二人に分かれた。じゃんけんで負けた人はエクストラベッドを借りて、そのエクストラベッドで寝た。もちろん、幸子もエクストラベッドで寝ることもあった。

カナダに行く途中、NY（ニューヨーク）へ寄った。それからカナダのケベック、オタワ、トロント、モントリオール、ナイアガラの滝などに行った。

NYに行った時、幸子はNYに引っ越すことを決めた。


カナダの旅が終わり、約三週間ぶりに五人でワシントンDCに帰ってきた。

幸子は之博に、

「お世話になりっぱなしだけど、私はNYに引っ越す」

と言った。之博は、

「じゃあ、僕が幸子の引っ越し手伝うよ」

と言ってくれた。幸子は、

「私、荷物はスーツケース一つだから、一人で引っ越せるよ」と言ったが、之博は幸子のスーツケースを後部座席に乗せて、幸子の引っ越しを手伝ってくれた。

幸子は、「ありがとう」と言って、之博にキスをした。

幸子は右半身が不自由だが、それを感じさせない、強さと逞《たくま》しさが備わった女性に成長していた。それは幸子の行動力、語学力も後押ししていた。

幸子はNYに引っ越した後も、アームトラックという長距離列車に乗って、之博に会いにワシントンDCに行ったりもした。

また、之博が幸子の十九歳の誕生日のお祝いに飛行機のチケットをプレゼントしてくれて、之博に会いに行ったりした。その時は、之博の泊まる男子寮に内緒で泊まった。ルームメイトのジョージも賛成してくれて、一つの部屋に三人で寝た。

NYではブロードウェイのミュージカルを観たり、コンサートに行ったりして、勉学はおろそかになったしまった。

その結果、夜遊びしすぎてNYの語学学校は挫折。こんなことではだめだと、ボストンへ引っ越しした。

幸子はこの留学を機に、様々なことと出合い、そして別れを経験することになった。

そのどれもが今の幸子を作っている。幸子の自立心や生きていくための土台はこれまでの経験で作られたと言えるだろう。

第二部　今の幸子につながるもの

三郎《さぶろう》との出会い

幸子はボストンの二年制の短大に、十九歳になったばかりの正月明けに入学した。ボストンは大学や短大がたくさんある歴史のある街であったが、NYのようなエキサイトした街ではなかった。しかし、だから勉強ががんばれると思った。

幸子は女子寮に滞在した。そして、ボストンのプロテスタントの教会・パークストリートチャーチの英会話教室で、十歳年上の三郎に出会った。

三郎は、幸子のロールプレイ（現実に起こる場面を想定して、複数の人が役を演じる芝居）がおかしく、面白い女性だと思い、幸子の寮へ来てデートに誘うようになった。また幸子を自宅に招き、ロブスターなどをご馳走した。

三郎はポストドクター（博士号取得後、助手等の職に就いていない者で、大学等の研究機関で研究業務に従事している者）として某大学で働いていた。三郎は幸子にチャイナタウンで中華料理もご馳走した。

三郎は幸子をとても気に入り、一緒にアパートに住まないか？　と誘ってくれた。年上で優しく頼りになると思ったので、三郎からの誘いを幸子も喜んで承諾し、同《どう》棲《せい》するようになった。

同棲してから間もなく、幸子は友人から猫をもらい、飼い始めることにした。猫を飼うことに関しては三郎に相談することはなかった。だが、それで気を悪くしたのか、この出来事を機に三郎のＤＶ（ドメスティック・バイオレンス＝親密な関係の者から振るわれる暴力）が始まった。

幸子は、殴る、蹴るの暴力を受けた。性的虐待も受けた。初めて顔を殴られた時は、頭の周りで星がクルクル回り、マンガで見たのが本当だと知った。

幸子は、これがDVだという認識を当時はまだ持っておらず、とにかく驚きと痛み、そして痣《あざ》だけが残った。

暴力を振るわれた後は、いつも以上に優しくなる三郎の様子と、「もう暴力は振るわない」と宣言する三郎の言葉を信じた。


ある時、三郎が猫を壁に思い切り叩《たた》きつけた。猫が夜中に鳴くと、「何とかしろ」と言って、猫と寝ている幸子に暴力を繰り返した。

幸子は、猫を捨てるように言われ、航空会社に行き、日本に猫を連れて帰ることを考えるようになった。

そんなある日、三郎が一緒に猫を捨てに行こうと言ってきた。幸子は一番の友が猫だったので、捨てるのは嫌だったが、猫も壁に叩きつけられるよりいいかもしれないと思い、三郎と一緒に猫を捨てた。

でも、少ししてから猫を捨てたことを後悔し、すぐに捨てた所に猫を捜しに行ったが、猫は見つからなかった。次の日もその次の日も猫を捜しに行って猫の名前を呼ぶが、猫は見つからなかった。

このままではアブナイ

幸子は、三郎からのＤＶと猫を捨てたことで精神的にダメージを受けた。眠れなくなり、暴力を振るわれるので、学校も休みがちになって休学した。

幸子は日本へ帰国することにした。三郎から、眠れないなら酒でも飲めと言われ、口にしたことのなかった強い酒をジュースで割って、寝る前に飲んで寝た。酒を大量に飲めば眠れることを知った。

ＤＶ被害者は、ＤＶに遭った時のことを時系列に並べるのが上手くできないと言われる。

被害者の女性たちが覚えていない理由はいろいろあるが、一番大きいのは、暴力の現場が家庭であり、登場人物や設定が同じなうえ、似たような出来事がたくさんありすぎて混乱してしまうからである。

日本に帰ってきた幸子の二十歳の誕生日に、三郎から幸子の実家に国際電話があった。

千鶴子が電話に出て、三郎に「貴方《あなた》は誰？」と聞いた。三郎は、幸子と同棲している者だと言い、幸子の住所を聞きだして、千鶴子宛に手紙を書いた。

〝自分は農学博士で、幸子と結婚したい〟という内容の手紙だった。

千鶴子は大喜びで、幸子に「こんな良い縁談はないよ」と言って、三郎の航空券代を出し、三郎を一時帰国させた。

幸子が、「三郎は暴力を振るう人だから、結婚するのはゼッタイ嫌だ」と言っても、千鶴子は聞く耳を持たなかった。「農学博士」というブランドが気に入ったようだった。

三郎は、自分が暴力を振るっていることは千鶴子には隠していた。

千鶴子の同業者が鯛《たい》一匹分の刺身を持ってきたりして、結婚の方向に向かった。幸子は、泣きながら、「あの人は暴力を振るう人だから嫌だ」と何度も訴えたが、千鶴子は全く意に介さず、結納を交わし、幸子はますます眠れなくなった。

幸子は一ヵ月ほど家で休んだが、ボストンの短大だけは卒業しないといけないと考え、何もしていないことに罪悪感を覚え、眠れなくてもバイトをするようになった。朝十時から夜十時までバイトをした。バイトしたお金は貯金した。

ボストンの短大に戻った幸子はDVを振るわれながらも三郎と住み、短大を卒業した。夏休みや夜間に他の学校に通い、単位は二年分を一年で取得し、良い成績を収めて卒業した。

幸子と三郎は、日本に帰国して結婚した。

三郎は、千鶴子のコネで日本の製薬会社に勤めた。幸子は結婚後、すぐに妊娠した。

幸子は語学に興味があったので、本当は働きながら、フランスとスペインに一年ずつ語学留学したかった。しかし、結婚後すぐに妊娠したので叶《かな》わなかった。また、キャビンアテンダントになりたいという夢もあったが、身体が不自由だったのでその夢も諦めた。

今思えば、チャレンジすればよかったのだ。とにかく母は、幸子の幸せより、三郎の「農学博士」という我が家にはない学歴が気に入っていた。

幸子は妊娠中も仕事をしようと思い仕事を探したが、妊婦を雇ってくれる職場は見つからなかった。

DVとの戦い

結婚の翌年、第一子、男の子が誕生した。

幸子はDVを受けながらも、三郎が製薬会社から某大学に二年間出向になったので、彼の出世を支えるのと子育てに懸命だった。幸子は尽くすタイプの女性でもあった。

その後、幸子には第二子の女の子が誕生した。三郎は、土曜日でも仕事に行っていた。幸子は、子どもが寝てから、床の拭き掃除などの家事をしていた。

ある日、三郎の帰りが遅いので、大学に電話すると、

「今日は来ていない」と言う。

帰宅した三郎に、幸子が今日の仕事はどうだったかと勇気を出して尋ねてみると、

「いつもと変わりない」とそっけない返事が返ってきた。

幸子は冷静さを保ち、

「今日、大学に電話したら、来ていないと言われた」と話した。

三郎は幸子に問い詰められ、浮気をしていたことを白状した。

幸子は、生まれて初めて、その辺にあった食器を投げた。しかし、それを片付けるのは自分だと知っていたので、流しに向かって投げた。怒りがこみ上げると同時に、心の中のガラスがガラガラと音を立てて崩れるのが分かった。


幸子は、三郎に頼るのではなく、自分で生きていかなければいけないと思った。三郎の実家に行き、自動車の免許を取る決断をした。三郎の母が、ちょうど自動車教習所で働いていたからだった。

右足の不自由な幸子には、自動車教習所にあるマニュアル車の運転はできないので、自宅で使用しているオートマチック車を教習所に持ち込み、左足でアクセルとブレーキを踏み、運転の練習をした。

三郎の母は教習所で働いていたので、夕食は幸子が作り、舅《しゅうと》と姑《しゅうとめ》に毎晩、ご馳走を作った。舅に料理上手と褒められた。

幸子は、一回の試験で一・二トン以下のオートマ車限定の運転免許証を取得した。

その教習所では、オートマ車限定の免許証取得のパイオニアとなった。

三郎の地方への転職

出向して二年が経ったので、製薬会社から三郎に、某大学から会社に戻って来るよう、命令が下された。

同じ頃、地方の短大で助教授にならないかという話が持ち上がり、三郎は、地方の短大に勤務したいから家族で引っ越したいと幸子に話した。

幸子は、三郎の浮気のこともあったので、承諾した。

幸子はＤＶを受けながらも、第三子の男の子を出産し、母乳をあげながら、中学三年生たちに英語を教えていた。

そして産後三、四ヵ月で、すぐに第四子を授かった。

三郎は第四子も産んでほしいと言ったが、幸子は中絶を希望した。幸子は、自分が三郎の精子を吐き出すためのゴミ箱のように扱われていると感じていた。

幸子は一人で、第三子を産んだ病院へ中絶しに行った。すぐに妊娠したので、産婦人科へ行くのも恥ずかしいほどであった。

三郎の転任先は地方であったため、運転免許証を取得したことは功を奏した。

しかし、幸子はスピード違反でたびたび警察に捕まった。田舎だから大丈夫だろうとシートベルトをしないで車を走らせたりもした。母子手帳を持っていないにもかかわらず、「妊娠している」と警察に嘘《うそ》をつき、持っていない母子手帳を探すふりをして、バッグの中をかき回して免れることもあった。幸子はヤンチャでもあった。

それまで都会でしか生活したことがない幸子にとっては、農村での生活は非常に不便であったが、三郎の研究者としてのキャリアのために、彼を支えるよう努力した。

幸子は、村にいるアメリカ人が教える英会話塾にも通った。

そこで、三郎の部下の修《おさむ》に出会い、一目惚れした。修も幸子に一目惚れした。二人は恋に落ちた。

幸子は、ジャムを作っては修に分け、パエリアを作ればまたそれも分けた。そして、ピザを作れば修に持っていった。

幸子にとって、唯一の逃げ場は修となった。修といると心が落ち着いた。

三郎の出世のために、研究所の人たちを招いてよくホームパーティーを開いた。

幸子は料理上手で、日本料理、中華料理、フランス料理、イタリア料理と様々な料理をしては、研究所の人たちをもてなした。それも研究者の夫を支える仕事であった。

修以外にDVのことを知る人物はいなかった。三郎の暴力は、あくまでもドメスティック（家庭内）であった。三郎は大学時代、空手部の副主将をしていたので、その暴力は本当に酷《ひど》く、怖く、恐ろしいものであった。

こうして修と幸子は不倫関係になった。

スキー

幸子は、三郎の研究室の人たちと一緒に、よくスキーに行った。

幸子はゲレンデで、子どもたちとソリで遊んだ。心の中では、みんなスキーができていいなぁと思いながらも、研究室の他の人の子どもたちも預かって、ソリで子守りをして遊んだ。

そんなことが何度か続いたが、幸子もついにスキーにチャレンジすることを決心した。

最初、スキーをつけて歩いたら、こんなに重くて長い物をつけて歩くのは無理だと思った。全く滑れない年が何年か続いた。

幸子は、修が滑って降りてくると手を振った。幸子は修と一緒に滑るのを夢みて、一生懸命スキーを練習したが、スキーを滑れるようにはならなかった。

ある日、あるスキー場で無料のスキー教室の新聞記事を見つけ、申し込んだ。そのスキーの先生は斉藤という女性だった。そのスキー場ならば、車で一時間で行けると思い、子どもたちを保育園に預けて、朝から夕方までスキーを毎日練習した。

寝る前には強い酒をジュースで割って飲むのが習慣になっていた。朝はつらかったが、酒が睡眠薬代わりになっていたので仕方なかった。

一ヵ月ほど経ったが、スキーは滑れるようにならなかった。幸子が斉藤に、

「私、スキー滑れるようにならないかも……」

と弱音を吐くと、斉藤は、

「私の妹は幸子さんと同じように障がいがあるけど、スキー滑れるから、幸子さんもゼッタイ滑れるようになります」

と言ってくれたので、幸子は、またがんばろうと新たな気持ちで毎日励んだ。

斉藤がある日、

「一緒にリフトに乗って上まで行きましょう」と言って、リフトに乗って上まで行っ

た。山の上からの眺めを見て、綺麗で素敵で幸子は感動した。

斉藤が、「私の腰につかまって」と言うので斉藤の腰につかまり、ボーゲンでゲレンデの下まで降りてきた。気持ち良かった。諦めずにがんばろうと思った。

数ヵ月が過ぎた頃、幸子はボーゲンでスキーが滑れるようになった。それはそれは嬉しかった。リフトに乗って、ゲレンデの斜面をボーゲンで滑って降りてきた。大自然の中でできるスキーは素晴らしかった。

「斉藤先生、私、スキー滑れるようになりました」

スキーを滑れるようになるのに何年も費やした甲斐《かい》があった。

幸子は、スキー場の公衆電話から修に電話をして、

「私、スキー滑れるようになったから、スキーを持って見に来て」と伝えた。

修は、スキー場に車を走らせ、すぐに駆けつけた。幸子は修に、リフトに乗って、山の上から降りてくる姿を見せた。修も一緒に滑った。

夢は叶った。努力すればできるという体験をさらに感じた幸子だった。

そしてこの時、初めて幸子は自分の身体の障がいを乗り越えたと感じた。障がいが

あっても、努力すれば何でも可能だと思えた。

その後、幸子は子どもたちとも一緒にスキーを楽しんだ。子どもたちとも一緒にできるスポーツがあって、嬉しかった。


幸子は、春からは水泳教室にも通い始めた。泳ぐことは初めてだったが、バタ足は主に左足ががんばってくれたので、何とかできた。クロールの息継ぎなどは、やはり練習が必要であった。背泳ぎも得意になった。その二つだけ、泳げるようになった。

水泳は幸子にとって生涯にわたって楽しむスポーツとなったが、種目はクロールと背泳ぎだけであった。今でも水泳は一つの趣味となっている。

少しの間、海外へ

地方に住んでいる頃、その村で十二人の青年海外研修の募集があった。申し込むと、幸子はその一人のメンバーとして選ばれて、スイス、フランス、ハンガリー、オランダに派遣された。英語が話せるので副団長として参加した。みんなに通訳を頼まれた。オランダでは現地の新聞にも載り、農業視察でホストファミリーの家に滞在した。

バブルの頃、父が幸子のために、K駅前に数坪の土地を残してくれたことを知った。バブルだったので、K市がその土地を買いたいと申し出てくれて、幸子は土地を売り、そのお金を頭金にして、小さなマンション経営を始めた。もちろん、ローンを組むことにもなったが、毎月の家賃収入でローンを返済していった。

三郎が仕事でポルトガル、フィンランド、イギリス、アメリカのシカゴに行くと決まったので、幸子も子どもたち三人を連れて、一緒に行くことにした。

ポルトガルは夏に行った。暖かく、子どもたち三人を連れて、海水のプールで遊んだ。トロイアという、バカンスの街への滞在であった。

シエスタ（昼休憩の習慣）の時間もあって、その時間はお店やプールなど、全部休業となった。夜は、大人はダンスをしたりお酒を飲んだりして楽しみ、子どもたちは子どもたちで遊んでいた。

その後、フィンランドに行った。冬のフィンランドである。

マイナス十五度の中、子どもたちを連れて、スーパーに行ったり、湖に穴を開けて釣りをしたりした。残念ながら魚は釣れなかった。サンタクロースにも家族で会いに行った。

ロンドンでは、幸子の友人がジェトロから派遣されて住んでいたので、その家を訪問したり、二階建てバスでロンドン観光をしたりした。

シカゴはアパートでの一ヵ月ほどの滞在で、子どもたちを連れて博物館に行ってミイラを見たり、楽しい思い出はたくさんあった。三郎の仕事で海外へ行かれたことはよかった。

しかし、三郎のＤＶは続いていた。三郎には、謝っては暴力を繰り返すというサイクルがあった。泣いて謝ることもあったが、暴力が終わることはなかった。

三郎のＤＶ

三郎は、事あるごとに暴力を振るった。空手の有段者だった三郎のＤＶは、非常な脅威であった。

包丁を持ち出すこともあった。酒を飲んで帰宅して暴力を振るい、酒を吐いてはその上で寝てしまい、汚物の処理を幸子がしていた。

性的虐待もあり、幸子が酒を飲んでやっと寝たところに、懐中電灯を持って幸子の布団に侵入し、幸子の下着を無理やり脱がせたうえで、幸子の陰部を懐中電灯で照らしながら細部まで鑑賞し、陰部を舐《な》めまわすなどの行為をした。

また、幸子に対し、陰毛を切ることを強要し、切った陰毛を自らの口の中に入れるなどの行為を行うこともあった。

所長秘書

子どもが小学生だった頃、幸子は英語塾を経営していた。

その幸子の英語力を近所の研究所所長に買われて、研究所の所長の秘書にならないかとヘッドハントされた。面接をして、合格し、研究所の所長秘書になった。

英語で手紙を書いたり、接客をするなど、自分の得意なことを生かした仕事に取り組めるのでとても充実していた。

ただ、三郎からのＤＶは相変わらずであったため眠れずに、好きでない強い酒をジュースで割って飲んで眠る生活は続いていた。アルコールを飛ばすために、朝風呂に入り、アルコールが身体に残ったままの状態で仕事に行くこともしばしばだった。

つらい日々が続いたが、職場の人たちは楽しい人ばかりで、仕事は好きだった。幸子はただ、眠るために酒を必要としていた。

三郎は、幸子の勤務に対しては不機嫌であった。あくまでも、三郎にとっての幸子は、自分の命令に従う、忠実なメイドでいてほしかったのである。

三郎にはジェンダー差別があった。しかし、幸子は自分の道を歩んだ。

バレエ

子どもたちは幼稚園の遊戯会で、三人ともとても演技が上手だったので、幸子はバレエを習わせていた。また、幸子はスポーツが苦手だったので、スポーツで勝ち負けを決めるのが嫌でバレエをさせたということもある。

三人ともバレエがとても上手だったので、いろいろな場所に招待されて踊っていた。幸子も少し、バレエをしてみた。お試し程度ではあったが、アクティブな幸子は何でもチャレンジしてみたかったのだ。

幸子は長男が小学校六年生の時に、バレエのために上京することを決めた。もちろん、ＤＶから離れるためでもあった。

それは同時に、不倫関係にあった修とも別れることを意味した。

修は三郎に「幸子さんをください」と頭を下げて頼んだ。しかし、それを聞いた三郎が激怒したので、修が「また暴力ですか？」と言い返した。隠していた暴力を知られて、三郎はさらに激怒した。

修は、幸子が修の家に来るのを待っていた。しかしその頃、三郎は包丁を持ち出し、幸子が修の所に行かないように脅していたのだ。子どもたちもただ正座をしていた。そんな状態だったので、修の所へ子どもたちを連れて逃げることはできなかった。

そんな時期に、三郎との間に子どもを授かったが、幸子は自ら中絶した。中絶に対して罪悪感もあったが、当時の幸子には中絶しか選択できなかった。

四人目を中絶した病院ではない別の病院で中絶した。幸子はその五人目の子どもを葬ろうと思い、中絶後医師に、手術で摘出したものを何でもいいのでいただきたいとお願いしたが、すでに処理が終わっていて、何ももらうことができなかった。

東京へ子ども三人を連れて引っ越した幸子は、得意であったピアノも手放した。住まいは、千鶴子のお陰で確保できた3LDKのマンションであったが、ピアノはその部屋には大きすぎたのだ。子ども優先の生活であり、ピアノを売ってお金も必要であった。

千鶴子は孫が大好きだったので、幸子が東京に戻ってきて大喜びであった。

幸子は少しの間、千鶴子の会社で働いて、お金を稼いだ。

仕事と子育てに疲れ果て、不眠症も続いていたので、幸子は上京とともに、精神科へも通うようになっていた。

長男は中学生になって、ゲームセンターに入り浸るようになった。幸子は、ゲームセンターを巡り歩いて長男を見つけて、ビンタをした。幸子はドメスティックで暴力を振るわれてきたので、あえて公共の場で暴力を振るった。次男もその場にいた。

長男のPTAの集まりがあったので、参加した。長男のクラスメイトに一人、車椅子の女子がいた。その母親の佐藤さんも参加していた。

その日は、生徒たちが鎌倉に一日旅行で出かける話をしていた。みんなが「佐藤さんのお嬢さんは車椅子なので」と、佐藤さんは別の車で行くことを提案していた。幸子は、佐藤さんも電車でみんなと一緒に連れていくべきと主張したが、賛同してくれる人はいなかった。

ＰＴＡが終わり、みんなが解散した後、佐藤さんが幸子の所に来て、「一緒に行ってくれるように言ってくれて、ありがとうございました」と言ってくれた。

幸子は自分が障がい者なので、障がい者だけ特別扱いをする必要はないと考えていた。佐藤さんに「ありがとう」と言われて、幸子も嬉しかった。

バレエは次男だけが続けていた。幸子は次男を連れて、東京で一番良い環境のバレエ団を探し、バレエを続けさせた。

息子たちのDV

一方、家庭では、長男の幸子に対する暴力が始まっていた。三郎はまた別の地方の助教授になっていた。

今考えれば、子どもたちも暴力の被害者で、小さな頃から事あるごとに父から暴力を受けていた。

ただ、三郎の暴力は酒を飲んでからのケースが主であったので、夜間、子どもが寝たあとに幸子が暴力を多く受けた。

三郎は、母校の某国立大学の教授を目指していた。一方、幸子は長男の暴力もあり、鬱になり、布団の中で寝たままの日々が続くようになった。

長男の暴力に耐えられなくなった幸子は、三郎に長男を預けた。長男にはつらい思いをさせてしまった。もちろん、長女、次男ともにつらい思いをさせてしまった。

幸子は、長女に頼んで弁当屋で弁当を買ってきてもらい、長女と次男と一緒に食べていた。

また、子どもに頼んでお酒を買ってきてもらってもいた。

鬱の幸子は長女と次男の前で、ベランダから飛び降りると言って、二人に自殺を止められたこともあった。幸子もどうしていいか分からなかったのだ。

そして、次男も幸子に暴力を振るうようになっていった。

家族はバラバラになっていった。三郎からの経済的支援もわずかになり、貯金を切り崩しながら生活するようになった。

鬱から回復するようにと、長女が夜の散歩に連れ出してくれたりした。三郎は、幸子、長女、次男のことは全く無視の状態であった。

転職と離婚

病院の医師の高井から、障害者手帳を持った方がいいとアドバイスを受け、幸子は障害者手帳6級を交付してもらった。あまり障がいが重くない方がいいだろうという高井の配慮であった。

幸子は子どもたちを抱えながらも、経済的に働く必要があったので、睡眠薬とアルコールを飲んで寝ていた。そうしないと眠れなかった。

そして、障害者手帳を持った幸子は、障がい者の枠で外資系の製薬会社の物流に一ヵ月、住宅メーカーの人事課に三ヵ月、医大の医事課に四ヵ月勤めた。仕事も長く続かなかったが、幸子には、それが精一杯であった。

人間関係が上手くいかないなどの理由もあったが、少しでも仕事ができればそれでいいと考えるようにした。仕事は嫌になったら、すぐ辞めた。

三郎の某国立大学の教授のポストが決まった。と同時に、三郎が離婚を切り出してきた。

幸子は三郎に、「なぜ今、離婚なの？」と問いただしたが、はぐらかされた。

納得がいかない気持ちではあったが、おそらく今までの経験上、別の女性ができたせいだろうと思った。利用されるだけ利用され、三郎自身の願いが叶ったら、捨てられるのだと思った。

離婚する時、「障がい者のお前と結婚してやったんだぞ」とも言われた。

幸子は、弁護士会館で出会った弁護士に弁護を依頼して、三郎が幸子を訴えてくるのを待った。自ら訴えると調停離婚の場所が東京でなくなり、幸子が地方へ行くのが大変だったからである。

幸子も鬱から回復して、認可法人の本社の国際部に仕事が決まった。

精神科で治療してもらい、アルコール依存から脱け出し精神薬で眠れるようになっていた。しかし、アルコールは飲まなくなっていたが、薬なしでは眠れなかった。

幸子は、暴力を受けたことを立証するために、年上の幸子の友人に立ち会ってもらい、最後の家族会議をした。

その結果、同居していた次男は中学三年だったが、両親の離婚で一人暮らしを強いられた。

幸子、クリスチャンになる

幸子は、職場に回ってきたある物語を読んで、この世の中には神様が存在すると確信した。それまでは、幸子は神など、ゼッタイいないと思っていた。

それは、小さな頃から思っていた思いである。この物語を読んで、イエス・キリストが幸子の罪をつぐなうために十字架にかけられたのだと確信できたのだった。そして、幸子が知らなかっただけで、神様はずっと幸子のことを愛してくださっていたのだと知ったのである。

幸子は神様の愛に大泣きした。もちろん、幸子だけでなく、すべての人や物は神様に愛され存在することを知った。

『「甘え」の構造』で知られる、故土居健郎先生の講演に、ある日、参加した。土居先生はカトリックのクリスチャンであった。土居先生とはその後、良い友だちにもなった。

土居先生の講演で質問したら、聖書のマリアとマルタの話をしてくださり、「あなたの行動は正しい行動で、マリアの行動と同じだから、安心してください」と言ってくださった。そこで幸子は、マリアの洗礼名を取って、洗礼名は「ベタニアのマリア」とした。

幸子は長男が中学生の時のＰＴＡでの出来事を話して、佐藤さんを車で別に連れて行った方がよかったのか、それとも幸子の思ったとおり、一緒に電車で連れて行った方がよかったのかと土居先生に質問したのだった。

土居先生からは、幸子の取った言動がいいと言われたのだった。

クリスマスには、土居先生に美術館で買った鉛筆立てをプレゼントした。

土居先生からは、土居先生と森田明先生編の『ホイヴェルス神父　日本人への贈り物』という本をプレゼントしてもらい、その本は幸子にとって宝物となった。

次男は日本のバレエコンクールで一位になり、国際的なコンクールでもセミファイナルを取った。

幸子はクリスチャンになるために、地元のカトリック教会の勉強会に参加した。同時に調停離婚が進み、離婚した後にカトリックのクリスチャンになった。

幸子は神様を信じて暮らすようになった。毎朝、六時三十分からのミサは、寝坊をしない限り欠かさず預かっている。

幸子に三郎から、慰謝料をもらうことが決まった。

幸子は、数年間続けてきた、ネパールの子どもたち十人への里親支援を辞める代わりに、ネパールのある村に学校を設立した。そのことは現地の新聞記事に掲載された。

September 11

二〇〇一年にアメリカ同時多発テロ事件が起こり、仕事が忙しくなったが、幸子がよく働いたので、たくさんの賞をアメリカの認可法人からもらった。

在日米軍基地の認可法人から、国際部の部長と企画課長と幸子宛にパーティーの招待状が来たが、その手紙を見た幸子は招待状を破って捨てた。

幸子の仕事の契約が三年で切れるのを、アメリカ認可法人の親友のメアリーたちが知っていたので、メアリーがパーティーの招待状を送り、幸子が日本の認可法人で三年を過ぎても続けて働けるように、アメリカ認可法人の配慮があった。

幸子はそれを知っていたので、招待状は破って捨てたのだった。

メアリーから「招待状はどうしたの？」と聞かれ、幸子は破って捨てたことを伝えた。

米軍基地では、「スペシャルオリンピック」（知的障がい者のためのオリンピック）の通訳のボランティアにも参加した。

幸子は、知的障がい者は素直で可愛くてチャーミングで好きだったので、できる範囲で参加した。様々な競技があったが、幸子は主にバスケットボールの選手たちのために、通訳として参加した。

ある年はアクセスする路線が止まり、基地まで行く術がなく、タクシーで一万円ほどかけて、ボランティアに参加したこともあった。

また、基地のフレンドシップ・フェスティバルのあるブースで、グッズを販売したり、通訳をしたりと、そちらもボランティアで参加した。

フレンドシップ・フェスティバルの時、空軍であるその米軍基地では花火が打ち上げられ、花火も楽しんだ。

基地からは、いつもお礼のためのディナーに招待された。しかし、基地は遠かったので、ディナーには一、二度ぐらいしか参加したことはない。

職場でカラオケにも行ったが、幸子は洋楽好きだったので、ベッド・ミドラーやダイアナ・ロスなどを歌ったが、ウケはよくなかった。

幸子はウケるかどうかはどうでもよかった。自分の知っている、自分の好きな歌を歌った。幸子は、空気が読めなかったのだ。

のちに、日本の音楽の素晴らしさも知った。今ではカラオケに行くことはないが、幸子には発達障がいがあると精神科医に言われて、なるほど、空気が読めないはずだと自ら納得している。

大人になってからは兄とは疎遠であったが、「ニュージーランドにファームステイで行きたいが、自分は英語が苦手なので、幸子も一緒に来ないか」と誘われて、幸子は次男を連れてファームステイもした。

乗馬をしたり、イルカを見に行ったりして楽しんだ。

次男、海外へ

バレエで日本一になり、国際的なコンクールでセミファイナルを取った次男は、ドイツのバレエ団でスカラーシップをもらい、スクールに二年通ったのち、そのバレエ団のダンサーになった。

それから、仕事でノルウェー、オランダ、スコットランド、再びドイツに移住した。そのたびに幸子はその国を訪れ、必ず教会を探し、ミサに預かった。幸子はミサで友だちができて、観光案内をしてもらったりした。

次男はダンサーとして働いているので、幸子は一人でカフェ巡りもした。ヨーロッパのカフェはお洒落《しゃれ》で、外にも席があり、幸子は好んで外の席に座った。

その開放感が好きだったので、大きな木の下にあるテーブルと椅子の所で、カプチーノなどを楽しんだ。フレッシュオレンジジュースといって、絞りたてのオレンジジュースも頼んで、カフェは楽しい憩いの場となった。

また、カナダのバンクーバーにホームステイで滞在したこともあった。

その時は毎日、乗馬に通い、乗馬もできるようになった。乗馬は毎日二時間練習した。

ホームステイはカナダ、アトランタ、ベセスダ、オランダ、ニュージーランドでの体験があった。


幸子は転職が多く、認可法人に三年勤務後、行政機関の図書館に八ヵ月、支援センターに一年半、財団法人は一ヵ月半、独立行政法人に一年、また違う行政機関の図書館に二ヵ月、国立大学法人本部の人事課に三ヵ月勤務し、その後、ローンで買ったマンション経営で暮らした。

仕事においては転職ばかりであったが、そんなことは気にしないようにした。幸子は居心地のいい職場環境の中で仕事をした。

一年働くと一年間失業保険が出るのでそれも利用した。

オーストラリアの心臓の専門医とも付き合ったが、その男性は結婚していたので不倫であった。最初は既婚者とは知らなかった。

一緒にイタリア、カナダに行った。オーストラリアでも、気球に乗って初日の出を見たり、乗馬もしたりしたが、不倫だったので付き合いは二年ほどで終わった。

幸子も高校生の頃は、教師の愛人のことで職員室に行ってまで抗議をするティーンエイジャーだったが、大人になったらその純粋さはなくなっていた。

幸子は、保護司にも推薦されて数年務めたが、辞めた。

幸子が訪れた国は、アメリカ、カナダ、オーストラリア、ニュージーランド、ネパール、シンガポール、中国、ポルトガル、フランス、スイス、ハンガリー、オランダ、ドイツ、フィンランド、ノルウェー、マルタ、イギリス、スコットランド、ベルギー、イタリア、イスラエル（順不動）である。都市を数えれば、一〇〇を超えているだろう。どこもみんな、いい思い出となった。

幸子には、障がいがあっても、世界の距離をものともしないフットワークの軽さがあった。世界を観たかった。そして、それを実現した。


母は、平成二十五年十一月に亡くなった。母をお手伝いの関口さんと交代して看て、一人で母の最期を看取れたことが唯一の親孝行であった。

母を看病している時、母に「甘えてもいい？」と聞かれ、「もちろん、甘えていいんだよ」という会話ができた。最後は母が幸子に甘えるかたちになった。

母を看病できたことは、幸子を幸せにした。

そして、今

そして、今はＤＶからも離れ、子どもたちも成長して、障がいがあって、大変なこともあるが、まあ、幸せとはこんなものであると感じて生きている。

ＤＶ被害回復プログラム、「たんとすまいる」に参加し、眠るために精神科で睡眠薬、安定剤などを出してもらっている。

眠るためには、やはり薬が必要だ。二十年前に離婚したのに、今でもＤＶに遭った心の傷があり、神様は幸子に生を与えている日々である。

ＤＶとの戦いと、それによって起きた精神病との四十年の闘い。それでも生があり、死ぬまで困難な中、生きていかねばならないのである。それが幸子の生なのだ。生かされている。だから生きていく。

現在は、水泳をがんばり、よい舞台を観て、大好きな音楽を聴いて、大好きな映画を観て暮らす、おばあさんになった。

六十歳になり、再びピアノも始めた。楽譜も読めなくなったが、三十年ぶりの再スタートである。一からのスタートだ。

水泳では、「パラリンピックのパイオニア」と親しい友だちに言われることもあるが、初級でゆったり一時間泳ぐ程度である。

これからは国内旅行を楽しみたいと思っている。足も年とともにさらに不自由になり、不自由な中で生活している。

長男は、小さな会社の雇われ社長になり、今では二人の子どもを持つ父になった。

長女は三人の子どもの母となり、子育ても一段落して、今では働いている。

次男はヨーロッパで仕事をして、二十年ほどが経過。

子どもからは、「お母さんは、世界一のお母さんだよ」と言われている。

幸子は、今では五人の孫を持つバツイチおばあさんになり、友人にも恵まれ一人で幸せに暮らしている。幸せとは、自分自身が見つけるものなのだ。

his home again all the 35 years in between.
The pastor asked him if he would allow to take him for a little ride.
They drove to Staten Island and to the same house where the pastor had taken the woman three days earlier. He helped the man climb the three flights of stairs to the woman's apartment, knocked on the door and he saw the greatest Christmas reunion he could ever imagine.
True Story – submitted by Pastor Rob Reid, New York, NY who says God does not work in mysterious ways.
I asked the Lord to bless you as I prayed for you today.
To guide you and protect you as you go along your way …… His love is always with you, His promises are true, and when we give Him all our cares you know He will see us through.
So when the road you're traveling on seems difficult at best Just remember I'm here praying, and God will to the rest.
Pass this on to those you want God bless, and don't forget to send it back to one who asked to bless you first.
……End of Forwarded Message

came, she was forced to leave. Her husband was going to follow her next week.

She was captured, sent to prison and never saw her husband or her home again.

The pastor wanted to give her the tablecloth; but she made the pastor keep it for the church. The pastor insisted on driving her home, that was the least he could do. She lived on the other side of Staten Island and was only in Brooklyn for the day for a housecleaning job.

What a wonderful service they had on Christmas Eve. The church was almost full. The music and the spirit were great. At the end of service, the pastor and his wife greeted everyone at the door and many said that they would return. One older man, whom the pastor recognized from the neighborhood, continued to sit in one of the pews and stare, the pastor wondered why he wasn't leaving. The man asked him where he got the tablecloth on the front wall because it was identical to one that his wife had made years ago when they lived in Austria before the war and how could there be two tablecloths so much alike? He told the pastor how the Nazis came, how he forced his wife to flee for her safety, and was supposed to follow her, but he was arrested and put in a prison. He never saw his wife or and a Cross embroidered right in the center. It was just the right size to cover up the hole in front wall. He bought it and headed back to church. By this time it had started to snow. An older woman running from the opposite direction was trying catch the bus. She missed it. The postor invited her to wait in the warm church for the next bus 45 minutes later.

She sat in a pew and paid no attention to the pastor while he got a ladder, hangers, etc., to put the tablecloth as a wall tapestry. The pastor could hardly believe how beautiful it looked and it covered up the entire problem area. Then he noticed the woman walking down the center aisle.

Her face was like a question. "Pastor, "she asked "where did you get that tablecloth?" The pastor explained. The woman asked him to check the lower right corner to see if the initials, EBG were crocheted into it there. They were.

These were the initials of the woman, and she had made this tablecloth 35 years before, in Austria. The woman could hardly believe it as the pastor told how he had just gotten the Tablecloth. The woman explained that before the war she and her husband were well to do people in Austria. When the Nazis

The brand new pastor and his wife, newly assigned to their first ministry, to reopen a church in suburban Brooklyn, arrived in early October excited about their opportunities. When they saw their church, it was very run down and needed much work. They set a goal to have everything done in time to have their first service on Christmas Eve.

They worked hard, repairing pews, plastering walls, painting, etc. and on Dec 18 were ahead of schedule and just about finished. On Dec 19 a terrible tempest – a driving rainstorm – hit the area and lasted for two days. On the 21st, the pastor went over to the church. His heart sank when he saw that the roof had leaked, causing a large area of plaster about 20 feet by 8 feet to fall off the front wall of the sanctuary just behind the pulpit, beginning about head high. The pastor cleaned up the mess on the floor, and not knowing what else to do but postpone the Christmas Eve service, headed home.

On the way he noticed that a local business was having a flea marked type sale for charity so he stopped in. One of items was a beautiful, handmade, ivory colored, crocheted tablecloth with exquisite work, fine color

入れましたか？　何年もまえ、戦前にオーストリアに住んでいたときに妻がつくったものとそっくりです。あんなに同じものが２つあるとは思えません」


老人は牧師に、ナチスが来て妻を逃げさせたこと、彼も後を追うつもりだったが捕まって収監されたこと、そして35年、妻にも会えず家にも帰っていないと話しました。

牧師は老人に言いました。

「ちょっとドライブに行きませんか」

そう、スタテン島の、３日前に老婦人を送った家にむかったのです。

牧師は老人がアパートの３つの階段を上るのを助け、ドアをノックしました。そこには最高のクリスマスの再会がありました。

牧師がそのテーブルクロスを手に入れたいきさつは、婦人にとっては信じがたいものでした。婦人は、戦争前には彼女と夫はオーストリアで裕福なくらしをしていたことを牧師に話しました。ナチスがきたとき、彼女はオーストリアを去らなければなりませんでした。夫も１週間後に来るはずでしたが、つかまり収監され、２度と妻に会うことも帰ってくることもなかったのです。

牧師はテーブルクロスを彼女にあげたいと思いました。しかし、彼女は教会で持っていてほしいと言いました。そこで牧師は、せめて彼女を車で家まで送りたいと申し出ました。彼女はスタテン島のむこう側に住んでいて、その日、掃除婦の仕事でブルックリンに来ていたのです。

さて、クリスマスイブの礼拝は大成功でした。教会はほとんど満員でした。音楽も雰囲気も最高でした。礼拝の最後に、牧師と牧師夫人は玄関で皆を見送り、たくさんの人が、また来ますと言っていきました。ところで、前から近所でみかけていた老人が席にのこり、じっと何かを見つめていました。牧師は、なぜ帰らないんだろうといぶかりました。

老人は牧師に聞きました。
「あの壁にかかっているテーブルクロスは、どこで手にしていたので、寄ってみました。手作りの、アイボリー色の、非常に美しいかぎ針編みのテーブルクロスがありました。ちょうど真ん中に、十字架が刺繍してありました。壁の穴を隠すのにちょうどいい大きさでした！　牧師はそれを購入し、教会に戻りました。

教会に着くころには雪が降り始めていました。向こうから年配の婦人がバスに乗ろうと走ってきましたが、間に合いませんでした。牧師は、45分後の次のバスを暖かい教会の中で待ちませんか、と彼女を誘いました。


婦人は教会の席に座り、牧師がはしごやら何やらを使ってテーブルクロスを壁掛けとしてかけるのをぼんやりと眺めていました。壁掛けは信じられないほど美しく、しかも壁の落ちた部分をすっかり隠し、牧師は満足でした。

さて、牧師は婦人が中央通路を歩いてくるのに気づきました。彼女はひどく驚いているようでした。

「牧師さん。どこでそのテーブルクロスを手に入れましたか？」

牧師は説明しました。

「右下の角に、EBG というイニシャルが刺繍されてないかどうか、見てくださいませんか？」

ありました。それはその婦人のイニシャルで、そのテーブルクロスは彼女が35年前にオーストリアで作ったものだったのです。

下記の文章で大森愛は神様に出会った。（大森愛は後に綴られている英語の文章で神に出会う。その文章の日本語版を最初に綴ります）

ある物語

10月はじめに、新しい牧師とその夫人が、最初の仕事として与えられたブルックリン郊外の教会の再開のために、期待に胸をふくらませて到着しました。教会の建物は、とても荒れていて、たくさん手入れが必要でした。彼らはクリスマスイブに最初の礼拝が持てるようになんとかしようという目標をたてました。

彼らは一生懸命働いて、椅子を直したり、壁を塗ったり、ペンキを塗ったりして、12月18日には予定よりも早く、仕上げを残すのみとなりました。

12月19日にひどい嵐があって、その地区は暴風雨が２日間続きました。

12月21日に、牧師は教会がどうなっているか見に行きました。屋根が雨漏りし、正面の、説教壇の真後ろの壁が、ちょうど頭くらいの高さから６メートル×2.5メートルほどの範囲で落ちていました。

牧師は床に散らばっていたものを片付け、クリスマスイブの礼拝は無理だな、と考えながら家にむかいました。道すがら、地元の商店がチャリティーのために蚤の市を

著者プロフィール

大森 愛（おおもり あい）

1961年生まれ。
埼玉県出身、東京都在住。
小学３年生の時、脳の病気で右半身麻痺。
アメリカの短大を卒業。
ネパールのある村に学校を設立。
認定法人より数々の賞を受賞する。
３児の母。

イラスト協力会社／株式会社ラポール イラスト事業部

ありえないほど不幸で幸福な告白

2023年１月15日　初版第１刷発行

著　者　大森 愛
発行者　瓜谷 綱延
発行所　株式会社文芸社
〒160-0022　東京都新宿区新宿1－10－1
電話　03-5369-3060（代表）
03-5369-2299（販売）

印刷所　図書印刷株式会社

ISBN978-4-286-27079-1